Kenneth Moe
Rastlos

Kenneth Moe

Rastlos

Roman

Aus dem Norwegischen von Alexander Sitzmann

Residenz Verlag

Dieses Buch wurde mit Unterstützung von
NORLA Norwegian Literature Abroad gedruckt.

Die Originalausgabe erschien 2015
im Pelikanen Forlag, Stavanger,
unter dem Titel »Rastløs«.

Bibliografische Information der Deutschen Nationalbibliothek
Die Deutsche Nationalbibliothek verzeichnet diese Publikation in der Deutschen Nationalbibliografie; detaillierte bibliografische Daten sind im Internet über http://dnb.dnb.de abrufbar.

www.residenzverlag.com

Umschlaggestaltung: Boutiquebrutal.com
Typografische Gestaltung, Satz: Lanz, Wien
Lektorat: Jessica Beer
Gesamtherstellung: GGP Media GmbH, Pößneck

ISBN 978 3 7017 1756 9

»Das verliebte Subjekt kann seinen Liebesroman nicht selbst schreiben.«

Roland Barthes
Fragmente einer Sprache der Liebe

Du fragst, ob ich über dich schreibe, und die kurze Antwort darauf lautet »ja«. Der Rest dieses unbeholfenen Briefs mag eine längere Antwort sein. Eitel, wie du bist, nehme ich an, dass du wohl die ganze Geschichte hören willst – wie ich mich verliebt habe, dass ich immer noch Sehnsucht habe – und dann willst du sicher, dass ich Poesie in all dem Elend finde und mir irgendeine Weisheit aus dem Arsch ziehe. Das sollte ich schon hinkriegen.

Einsame Menschen wissen auch etwas über das Leben! ...

Dieser Satz ist mir jetzt schon eine ganze Weile im Kopf herumgegangen, aber ich vertraue ihm nicht, so wie ich im Grunde dem meisten, was ich denke und an das ich in flüchtigen Augenblicken zu glauben versuche, gegenüber skeptisch bin. Denn was weiß ich eigentlich? Nichts. Ich weiß nichts. Ich lebe mit Mühe und Not, weil ich eben *nicht* weiß, weil ich wissen muss, *bevor* ich lebe, während das Leben nun mal so eingerichtet ist, dass man immer erst nachher weiß. – Als Kind las ich übrigens ein Buch über Reinkarnation. Dort stand, dass man in jedem Leben etwas Neues lernen soll. Ich erinnere mich, dass ich dachte, in diesem werde ich Geduld lernen.

Wie viel kann man eigentlich durch die Schlitze in den Jalousien über das Leben lernen?

Ich sehe langsam ein, dass solche Tage ein ganzes Leben ausmachen können: ein ganzes Leben nur aus Sehnsucht und sonst nichts. Man muss etwas tun. Also schreibe ich Briefe. Ich kann beispielsweise von Silvester erzählen – dass man mir zuerst eine Menge Wein servierte und ich einen netten Abend hatte, doch als die Raketen den Himmel über dem Park erleuchteten und ich wusste, dass alles genauso war wie vorher und dass sich mein Leben vermutlich auch dieses Jahr nicht nennenswert verändern würde, wurde alles gleichsam finster in mir, und auf dem Heimweg in der Neujahrsnacht schlug ich mit der Faust immer wieder gegen eine Backsteinwand, bis mehrere meiner Knöchel bluteten. – Ich verstehe, dass ich kein Recht habe, wütend zu sein. Andererseits wäre es unehrlich, wenn ich meine Idiotie unterschlagen oder so tun würde, als wäre ich ein stärkerer Mensch, als ich eigentlich bin. Ich will eben nicht mehr lügen oder »meine Karten richtig spielen«.

Wenn man sich so sehr anstrengt, wie ich mich angestrengt habe, um einen anderen Menschen zu beeindrucken, und damit nicht mehr erreicht, als die albernen Neurosen dieses Menschen zu befriedigen, dann beginnt man sich zu fragen, was dieser Mensch wert ist, was man selbst wert ist, was der Rest wert ist. Meine Sehnsucht und deine Eitelkeit sind bestimmt von Anfang an untrennbar miteinander verflochten gewesen: Dass ich dich ansehen will, dass du angesehen werden willst. Ein verquerer Ausgangspunkt, gelinde gesagt.

Du hoffst wohl, dass dies ein zärtlicher Brief wird, etwas Lustiges, von dem man allen erzählen kann: Der hoffnungslose arme Tropf, der sich in dich verliebt und hundert Seiten geschrieben hat. Dass es fast ein Liebesroman wird, mit dir im Mittelpunkt.

Vielleicht hast du Muse gespielt, wankelmütig und bezaubernd, und ich sollte dir genau so einen Brief schreiben. Vielleicht waren deine eigenen Gedichte ein Vorwand. Vielleicht hast du nie schreiben wollen, sondern wolltest selbst zu Poesie *werden* ...

Beleidigt?

Ich verspreche, ich werde dir die literarische Behandlung angedeihen lassen, die du verdienst.

Was ist ein Mensch *allein* wert, außerhalb jener Zusammenhänge, in denen Werte entstehen und ihre Berechtigung haben?

Nichts.

Einsame Menschen wissen nichts und sind nichts wert.

Mein Zimmer ist genauso leer wie mein Leben. Es strengt mich an, Dinge um mich zu haben. Ich besitze fast keine Bücher mehr und kaum genügend Möbel: einen kleinen Tisch, eine Boxspringmatratze, einen Sessel, einen Hocker, um die Beine draufzulegen. Die Wände waren kahl, jetzt habe ich eine Sammlung von Zitaten aufgehängt, ein paar Rodin-Skizzen von nackten Ballerinen, die sich selbst berühren, eine Postkarte, die S. einmal aus Berlin geschickt hat – Motiv: Travis Bickle mit Revolver –, und ein Foto von einer alten afghanischen Frau, die eine Kalaschnikow zwischen den Beinen hält. Die Luft hier ist kalt, aber das macht einen vielleicht stärker. Wenn die Fenster nicht die meiste Zeit über geöffnet sind, riecht es allmählich ziemlich sauer von all den Handtüchern im Wäschekorb und streng von meinem Schweiß und stickig süß vom Sperma auf den Taschentüchern im Papierkorb. Ich verbringe viel zu viel Zeit hier und kann stundenlang schlechte Luft atmen, bevor ich sie wahrnehme.

Wir sprechen die ganze Zeit im Dunkeln miteinander. Ich gebe dir gute Erklärungen für alles. Ich überzeuge dich Tag für Tag. Du bist eigentlich nicht hier, also verlässt du mich auch nie. Nachts liegst du dicht an mich geschmiegt im Bett: Dein schmaler Körper an meinem, die kleinen Brüste. Ich denke, dass selbst dein Körper demütig ist. Er macht nicht so viel aus sich selbst. Du blätterst in den Büchern. Du sagst, dass ich merkwürdige Bücher lese. Du neckst mich. Ich lese jetzt Marc Aurel auf dem Bett. Ich lese La Rochefoucauld. Er schreibt: »Schwache Menschen können nicht aufrichtig sein.« Ich lese dir den Satz laut vor.

Auf dem Tisch stehen ein paar Gläser und ein Stapel aus vier, fünf schmutzigen Tellern. Darauf erstarrte Eigelbflecken und rote Kleckse vom Ketchup, das ich dazu gegessen habe. Ich war immer einer, der Ordnung in seinen Sachen hielt, der darauf achtete, seine Umgebung sauber und aufgeräumt zu halten, aber ich habe nicht mehr die Energie für so was. – Wenn ich in letzter Zeit darüber nachdenke, dass ich immer so oder so gewesen bin, erkenne ich meist, dass es schon viele Jahre her ist, dass ich tatsächlich so war oder Dinge auf diese oder jene Art tat. – Vielleicht war ich *nie* so. Vielleicht bin ich ja *das hier.* Vielleicht bin ich ja die schmutzigen Teller, die Fettflecken auf den Gläsern von Händen und Lippen?

Ich habe immer Mühe gehabt, Selbstverachtung von Selbsterkenntnis zu unterscheiden.

Ich mag nicht einmal meinen eigenen Namen. Wäre ich ein Mädchen geworden, hätte ich meiner Mutter zufolge Kari heißen sollen, was übrigens der Name meiner ersten Freundin war. Es war mein großer Bruder, der den Namen vorschlug, mit dem ich letztlich endete, es war der Name eines guten Freundes gewesen, von dem er sich wegen eines Umzugs trennen musste. Der Name liegt nahe an der Spitze der Kriminalitäts- und Konkursstatistiken. Es gibt neunzehn Norweger mit derselben Kombination von Vor- und Nachnamen. Der bekannteste sitzt im Gefängnis für einen Rekordumsatz im Drogenhandel.

Jedes Mal, wenn ich an deinen Namen denke, ist es, als würde der Wecker am Morgen nach einer schlaflosen Nacht klingeln.

Ich selbst habe nie eine große Untat begangen. Trotzdem fühle ich Verwandtschaft zum Abschaum, zu den Vergewaltigern und Massenmördern – als erzählten sie mir etwas über mich selbst, als wären sie die Karikatur, die die Wahrheit über mich ans Licht bringt. Wir mit einem hyperaktiven Gewissen identifizieren uns so leicht mit denen, die überhaupt keines haben. Vielleicht sehnen wir uns danach, wirkliche Verbrechen zu begehen, mit Haut und Haar, und dafür bestraft zu werden. Vielleicht sehnen wir uns nach einer Zelle, die trotz allem größer ist als die unserer eigenen Gedanken, ein Dasein mit soliden Wänden und einem definierten Zeitrahmen. Und vielleicht haben wir den Verdacht, dass eine Welt ohne Verbrechen eine noch größere Hölle auf Erden wäre, denn dann wüsste niemand von den grauenvollen Dingen, die wir mit uns herumtragen und an die wir denken.

Auf dem Heimweg aus der Stadt an einem späten Winterabend kam ich an einem Imbiss vorbei, da rief jemand: *Gib ihm keine Pizza, er ist ein Vergewaltiger! Gib ihm keine Pizza!* ... Und auch wenn der Mann nicht über mich sprach, auch wenn ich nie jemanden vergewaltigt habe oder mir auch nur gewünscht habe, es zu tun, und ich deshalb gar nicht gemeint sein *konnte*, identifizierte ich mich unmittelbar mit dem Pizzakunden, als wären meine verdorbenen Gedanken auf demselben Niveau wie seine behaupteten Untaten.

Zuallererst waren die Augen ... Ich hätte fast gesagt: natürlich. Und was genau hat es mit deinen auf sich? – Einmal habe ich versucht, Kari ein Kompliment über ihre Augen zu machen. Sie sagte, beinahe erschöpft: »Es sind ja nicht die Augen selbst, sondern das Drumherum, das ein Paar von einem anderen unterscheidet!« Und um deine blauen Augen herum ist was? Dicke, errötende Wangen. Eine Nasenspitze, die von der Oberlippe rauf- und runtergezogen wird, wenn du sprichst. Kleine, dunkle Brauen, die ebenfalls nie zur Ruhe kommen. Eine konstante Bewegung in allen Muskeln. Ein Gesicht gänzlich frei von Geheimnissen. Mein erster Eindruck war, dass du etwas Nervöses und Harmloses ausstrahltest, dem ich nicht vertraute. Ich musste schnell etwas Hässliches an dir finden, musste mich schützen, musste dich zurückweisen, bevor es dir gelänge, mich zurückzuweisen. Du sahst mich an, gleichsam verführerisch über das Bierglas hinweg, ohne dass ich diese Schlussfolgerung bewusst zog – aber dann dachte ich, dass dein Blick treulos war, treulos und suchend, und dass du so eine wärst, in die sich Männer gegen ihren Willen verlieben, und fest entschlossen zeigte ich auf deine Augen und sagte: »Die da funktionieren bei mir nicht.«

Ein nutzloser Zustand: Im Allgemeinen liege ich im Bett und denke an dich, oder ich sitze hier im Sessel, oder ich stehe da und schaue aus dem Fenster. Aber vielleicht kann ich wenigstens ein paar Absätze darüber schreiben, wie es ist, nur hier zu liegen oder zu sitzen oder zu stehen, wie es ist, nur an dich zu denken. Jedes Mal, wenn ich glaube, ich könnte die Erzählung greifen, wird sie zu etwas anderem. Sie zerspringt in kleine Stücke. Sie zerbricht nicht, sondern zerspringt wie Verbundglas ... Jedes Stück bleibt in einer Art zersprungener Ganzheit bestehen. Ich habe hundert Anfänge, und das ist eigentlich alles, hier und dort aufgeschrieben, ab und zu, ohne irgendeine Art von Plan. Nur eine Menge flüchtige Augenblicke, die ich nicht aus dem Kopf bekomme. – Ich sollte präzisieren, bevor ich es vergesse, dass ich nicht schreibe, um den Schrott auch noch zu kultivieren, sondern damit etwas klar wird. *Etwas* ... Irgendeine Art praktische Wahrheit. – Ich habe letztlich nur ein einziges Buch in mir. Es heißt: »Wie ich lernte zu lieben«, und ich hoffe, es wieder und wieder schreiben zu dürfen, mit kleinen Variationen, bis ich sterbe.

Stell dir vor, ich wäre imstande, dich auf der Straße zu verfolgen, nachts Steine gegen dein Fenster zu werfen, blutige Tierherzen und Drohungen, psychotische Mixtapes und selbstgestrickte Schals in deinen Briefkasten zu legen, für dich zu töten und im Gefängnis zu landen – denn bemüht man sich sonst überhaupt genug? Ist es manchmal an der Zeit, die Liebe aufzugeben? Und was ist sie wert, wenn ich es schaffe, derart gefasst zu bleiben? Wenn alles, was sie erweckt, Gedanken sind und wieder nur Gedanken? Was nicht zu Taten führt, ist nichts wert ... und wenn es zu Taten führt, dann zu welchen? Denn ab und zu fällt mir etwas Idiotisches ein, das ich zu dir gesagt habe, und ich bekomme Lust, mir selbst ein Ende zu setzen, um mich nicht erinnern zu müssen, oder einfacher, ich bekomme Lust, dir ein Ende zu setzen, um meine Zeugin loszuwerden. Ich bin mir sicher, dass du weißt, was für ein feiges Arschloch ich eigentlich bin, aber all diese Dinge gibt es in mir und sie wollen aus mir raus und müssen umgewandelt werden in *etwas*.

An jedem Frühlingstag sprinten Frauen die Stufen zwischen den Gebäuden hoch. Ich kann sie sehen, doch sie können mich nicht sehen. Wenn der Schatten auf das Fenster fällt und mein Zimmer ganz dunkel ist, kommt es vor, dass ich nackt mitten im Raum stehe und ihnen mit Blicken folge. Sie laufen hinauf, machen eine kleine Pause, trocknen sich den Schweiß von der Stirn, gehen langsam hinunter, dann laufen sie wieder hinauf: in engen Leggings. In tropfnassen Oberteilen mit einem Sport-BH darunter. Mit praktischen Pferdeschwänzen oder Zöpfen und Musik in den Ohren. Sonst, wie jetzt, mit dem Rücken zu ihnen, höre ich nur ihre Schritte – *tap-tap-tap-tap-tap* die Stufen hinauf. »Bald bin ich für sie bereit«, bei diesem Gedanken ertappe ich mich selbst, »bald bereit«. – Frauen, die vor dem Fenster rauf- und runterlaufen, Bäume, die bald grün werden: Eigentlich habe ich Glück. Immer öfter denke ich: Mein Leben ist ziemlich schön. Oder der Gedanke taucht von selbst auf, bevor er mit gewissen Realitäten kollidiert.

Ich habe im letzten halben Jahr keinen müden Pfennig verdient. Voriges Jahr im Sommer tauschte ich die Holzvertäfelung eines Hauses aus. Einige Bretter waren so morsch, dass man nach einem Regenguss Saft aus ihnen hätte pressen können. Es sollte etwas geradezu Wunderbares sein. Ein Haus mit den eigenen Händen zu reparieren! ... Ich hoffte, es würde etwas beweisen, mich etwas über das Leben lehren, meinen Charakter bilden oder so was, aber alles, was ich davon hatte, waren Schmerzen in der rechten Schulter. Am Ende war es so schlimm, dass ich es kaum mehr schaffte, den Arm zu heben. Eine Weile hing er einfach da, wie ein Koala, der sich an mich geklammert hatte. Jetzt lebe ich von einem Darlehen, für ein Studium, das ich bereits aufgegeben habe. Alles, was ich will, ist das hier. Nur das hier.

Schöne Sätze sind eine Art Einwand gegen das, von dem ich tief in meinem Inneren weiß, dass es die Wahrheit über mich selbst ist.

Wenn die Literatur dem Leben in die Quere kommt und das Leben der Literatur, muss man sie auf neuen Wegen wieder verbinden.

Meine Mutter sagte neulich, ich hätte als Kind immer Löcher in alle meine T-Shirts gekaut. Ich sagte: »Sieh her«, und zeigte auf die Löcher in dem T-Shirt, das ich gerade anhatte. Ich kaue immer noch gern auf ihnen herum, wenn ich unruhig bin oder mir die Konzentration fehlt. Die meisten meiner Hosen rutschen jetzt (ich esse immer weniger). Meine Lieblingshose, die alte, die mir fast wieder passt, bekam kürzlich einen großen Riss. Der anderen, die ich mag, fehlt ein Knopf. Beiden Jogginghosen fehlen die Kordeln. Meine Joggingschuhe fallen auseinander. In einer der schwarzen Boxershorts fand ich einen orangen Fleck. Zuerst dachte ich, er wäre organischen Ursprungs, dass die Neonfarbe von mir selbst abgetropft wäre, aber bei näherer Betrachtung zeigte sich, dass er im Stoff selbst saß.

Heute scheint die Sonne wieder auf meine Straße, aber ich habe dem Licht und den Bäumen draußen vor dem Fenster den Rücken zugewandt. Ich bin immer jemand gewesen, der sich tagelang, wochenlang in seinem Zimmer einsperrt, um an dem einen oder anderen Projekt zu arbeiten, von dem ich glaubte, es würde mich retten, ohne klare Vorstellung davon, warum ausgerechnet dieses Projekt mich retten würde, wenn es doch keines der früheren getan hatte. Jetzt also: ein Buch. Ein Brief. Ich habe mir diese Einsamkeit ausgesucht, weil ich sie vorziehe, aber ich habe mich nie dafür entschieden, die Einsamkeit vorzuziehen, und hätte es vorgezogen, etwas anderes vorzuziehen. All meine Sehnsüchte sind gleichermaßen paradox. Das Einzige, was ich ganz sicher weiß, ist, dass ich dich haben will. Ich zweifle ständig daran, ob ich dich haben wollen *sollte,* und frage mich, wozu ich dich eventuell verwenden würde, wenn ich dich bekäme, aber ich weiß, *dass* ...

Ich sah durchs Fenster des Cafés, dass du einen Zug von der Zigarette deines Freundes nahmst und ihn küsstest. Er ist viel größer als du, du musstest dich sowohl auf die Zehenspitzen stellen als auch den Hals strecken, um seine Lippen zu erreichen. Warum ausgerechnet du, dachte ich, warum sollte ich mich ausgerechnet an dir aufhängen? Du bist wie alle anderen. Ein Paar Augen, ein Paar Schenkel, Begehren zwischen den Schenkeln und ein undurchdringliches Gemüt voll provisorischer Überzeugungen. Ich habe versucht zu verstehen und komme immer wieder zum selben zen-artigen Schluss: Es gibt nichts zu verstehen. Es gibt keine »M.«. Die, die an diesem Abend mit ihrem Freund dort draußen stand, war nur ein Körper und Worte. Er, der dasaß und sie ansah, ebenfalls. – Je klarer ich denke, je mehr ich sowohl dich als auch mich selbst durchschaue, desto schlechter fühlt es sich an. Die Leidenschaft hält an, wird aber als wertlos entlarvt, sie ist nur ein leerer Schrein, den ich mit mir herumschleppe.

Es ist Morgen und ich bin glücklich, denn ich ziehe die Jalousien hoch und sehe Blau. Jedes Jahr werde ich Opfer des Frühlingstrugschlusses: Ich interpretiere längere Tage, das Geräusch von Rasenmähern, den Geruch von frisch gemähtem Gras und so weiter als Zeichen dafür, dass das Leben dabei ist, unwiderruflich besser zu werden. Da steht ein Mann auf der Treppe vor dem Fenster, er hebt eine Krähe von den Stufen auf und setzt sie auf einen Zweig. Er starrt verwundert zu der Krähe hinauf, als sie wegfliegt, so als hätte sie etwas anderes tun sollen (etwas anderes tun können).

Es ist Nacht und ich bin unglücklich. Eine Eintagsfliege und eine kleine Motte streiten sich in der Dunkelheit um meine Aufmerksamkeit vor dem Laptop. Der Bildschirm leuchtet zu stark. Ich drehe die Helligkeit herunter und sofort wieder hoch, ich bin nie zufrieden. Die Augen gehen bald zum Teufel. Ich sollte schreiben. Ich warte nicht auf Inspiration, sondern darauf, die, die ich bereits habe, loszuwerden. – Vielleicht sind alle Bücher auf irgendeiner Ebene der Versuch, die Verbindung zwischen der eigenen Arbeit und der Besessenheit, die diese Arbeit inspiriert, zu durchbrechen, sodass man frei ist, für eine kurze Weile, um neue Besessenheiten aufkommen zu lassen.

Ich beobachte dich, ich mache mir Notizen, ich suche nach Mustern und Verbindungen, formuliere Hypothesen und bilde mir Erkenntnisse ein, aber das alles ist nur *Bullshit*, denn ich *will* ja gerade, dass du kompliziert bist, dann kann ich mir die ganze Zeit das Offensichtliche *denken*, statt es wirklich zu begreifen, nämlich dass du mich schlichtweg nicht haben willst und dass deine plötzliche Gleichgültigkeit und diese Traurigkeit, die ich fühle, mindestens genauso zufällig sind wie alle anderen Empfindungen des Körpers, die kommen und gehen: die Kälte in meinem Zimmer heute Abend. Die Wärme unter der Bettdecke. Die Nase, die läuft. Letztlich gibt es zwischen uns nur Allergien; nur sinnlose Reaktionen auf Reaktionen; nur dein zerstreutes Begehren und meine dummen Gefühle; nur Objekte, die in einem unendlichen Raum kollidieren.

Der Umriss einer Phantomtür zeichnet sich unter der Tapete ab. Ein großes, hochkant stehendes Rechteck ist alles, was von der Öffnung übrig ist, die sich früher zwischen meinem und dem Nachbarzimmer befand, bevor ich hier einzog. Man hat die Öffnung mit Gipsplatten oder etwas Ähnlichem geschlossen. – Es existieren nur Indizien dafür, dass ich mit einem anderen Menschen zusammenlebe: ein eingetrockneter Klumpen Zahncreme im Waschbecken im Bad. Dunkle, lockige Haare im Abfluss unter der Dusche. Krümel auf der Arbeitsplatte in der Küche. Das Lieblingsmesser bereits schmutzig und in der Spülmaschine, wenn ich es brauche. Wir sind in dieser Wohnung wie Poltergeister füreinander. Ich höre ein Geräusch im Flur und gehe hinaus, um nachzusehen, aber die Gestalt ist bereits weg.

In diesem Jahr ist bisher nur eine Frau aus Fleisch und Blut hier bei mir gewesen. »Willst du mich ficken?«, fragte sie. Ich legte mich auf dem Bett zur Hälfte über sie und strich ihr über die Außenseite der Schamlippen, bis sie feucht genug war für den ganzen Daumen. Sie begann, sich auszuziehen, danach mich. Eigentlich wollte ich nicht. Mein Penis hing zuerst nur da wie eine Schnecke. »Nimm dir die Zeit, die du brauchst«, sagte sie. Er war halbsteif und starr vor Schreck, sodass ich ihn gerade so hineingepresst bekam. Als wir endlich fertig waren, fragte sie, ob sie rauchen dürfe. »Eigentlich nicht«, sagte ich. »Aus dem Fenster.« Sie setzte sich in den Sessel, nackt, abgesehen von dem T-Shirt, das ich ihr geliehen hatte, und zündete sich eine Zigarette an. »Es wirkte nicht, als wärst du ganz bei der Sache gewesen«, sagte sie. Sie war gekommen, ich nicht, erst als sie ihn nachher in den Mund nahm. Ich hatte versucht zu vergessen, vergaß aber nichts. Sie erzählte mir, dass sie bald eingewiesen werden würde. »Freiwillig«, fügte sie sofort hinzu. Sie kicherte. Am darauffolgenden Tag fand ich überall lange, blonde Haare. In der Haarbürste, die sie sich geliehen hatte, in meinem Bettzeug und in der Kleidung.

Ich hätte so gerne richtigen Liebeskummer, ein bisschen weinen, einen Haufen Idiotinnen ficken und dann drüber wegkommen, denn das ist sicher das, was man tut, man fickt sich durch bis auf die andere Seite, als wäre ein Loch gleich dem anderen, als hätten sie was miteinander zu tun, als gäbe es eine mystische Verbindung zwischen Fotzen, als wären sie alle Quellen derselben esoterischen Weisheit oder Portale zu einem Paralleluniversum, wo Liebe härter ist als Asphalt ... Ich stelle mir vor: Alle Frauen und alle Männer, alle, abgesehen von mir, vereint in endlosen, unbegreiflichen, kosmisch-vaginalen Kontraktionen. Nur *ich* stehe hier, außerhalb – altmodisch, romantisch, schwach, in Gedanken versunken.

»Es wird regnen«, sagtest du. »Es wird nicht regnen«, sagte ich. Die dunklen Wolken sammelten sich über uns und bedeckten bald den ganzen Himmel. Wir blieben auf der Reisedecke liegen. Donner. Blitz. Ich hielt deinen Arm fest und streckte meinen eigenen hinauf als Blitzableiter, um dich zu erschrecken. Du verschlucktest dich vor Lachen und Furcht wie ein Kind. Du versuchtest, den Arm zu dir herunterzuzerren. Aber ich hielt dagegen. Dann fiel der Regen auf uns und den See. Ich werde nie dein Gesicht vergessen, ungeschminkt und mit Regenwasser in den Haaren, die zu allen Seiten abstanden. – Ich will, dass du dir vorstellst, dass dieser ganze Brief an diesem Abend im Regen geschrieben wurde. Stell dir vor, dass die Buchstaben aus den Haaren aufs Papier hinabgetropft sind. Dass die Tinte sich nur so formte, weil sie musste. – »Ich glaubte nicht, dass ich es gekonnt hätte«, sagte ich, »bevor ich mich in dich verliebte.« »Ich fühle mich von dir angezogen«, sagtest du. »Auf eine seltsame Art und Weise«, fügtest du hinzu. »Ich könnte dich gut ficken, aber es ist nicht wert, dass ich dafür riskiere, meinen Freund zu verlieren.«

Ich wache heute wie gewöhnlich in aller Herrgottsfrühe auf. Der Nachbar von oben legt immer sein Mobiltelefon auf den Fußboden, und es vibriert jeden Morgen um sieben Uhr. Danach hält er mich mit all seinen Morgenroutinen wach. Er trampelt so grauenhaft hin und her. Bei jedem seiner Schritte klirrt es in der Lampe, die bei mir zwischen dem Bett und dem Stuhl steht, es ist das Schutzglas, das ein wenig lose vor der Glühbirne sitzt. Das Geräusch seiner Füße dringt direkt durch meine Ohren und hinein in den primitiven Teil des Gehirns, der auf der Hut vor großen Tieren ist. Ich lege Musik auf, höre ihn aber durch die Kopfhörer. Ich drehe die Musik auf maximale Lautstärke, spüre aber immer noch, dass es bebt. Erst wenn er die Treppe hinuntergejoggt ist (die übrigens direkt an der Wand vorbeiführt, an der mein Bett steht) und die Haustür um acht Uhr zugeschlagen hat, schaffe ich es, wieder einzuschlafen. Dann schlafe ich gern so lang ich kann. In letzter Zeit bin ich übrigens eher ein Morgenmensch gewesen. Es ändert sich von Woche zu Woche, was für eine Art Mensch ich bin.

So bewegen sich die Tage weiter: Ich schlafe immer später ein, wache noch später auf, schlafe wieder später ein und so weiter, bis es einmal ringsum gegangen ist und ich für ein paar Tage einen einigermaßen normalen Rhythmus habe, bevor das Ganze von Neuem beginnt. In letzter Zeit war ich außer Atem, wenn ich aufwachte – das kann unmöglich ein gutes Zeichen sein. Neulich hatte ich einen Traum, in dem ich lachte und lachte, aber als ich aufwachte, hörte es sich genau wie Weinen an. Vielleicht ist das der Grund, warum ich ganz erschöpft aufwache? Vielleicht ist jedes einzelne Aufwachen ein Übergang von Lachen zu Weinen? – Heute wache ich auf einer Falte im Laken auf und bin zuerst davon überzeugt, dass es eine Geschwulst im Bauch ist. Frühlingswinde tragen den verbrannten Kakaoduft der Schokoladenfabrik den ganzen Weg bis hierher. Ich kenne ihn aus der Zeit, als ich direkt daneben wohnte und ihn jeden Tag einatmete. Er ist erstickend. An manchen Tagen ist die längste Entfernung im Universum der Meter von der Bettkante bis zur Hose, die in einem Knäuel auf dem Boden liegt, und dies ist so ein Tag. Ich bleibe im Bett, während die Sonne aufgeht, bin es immer noch, als sie wieder verschwindet. Ich setze mich zum Schluss in den Sessel.

Der Hintern sinkt immer tiefer in den Sessel ein. Der Sessel hat früher meinem Vater gehört und ist schon ziemlich abgenutzt. Jetzt ist er mein Büro: Ich sitze und schreibe in ihm, und lebe im Großen und Ganzen mein gesamtes Leben in ihm. Der Sessel hat sich allmählich der Form meines Körpers angepasst. Jeden Tag sinke ich ein wenig tiefer ein. Jeden Tag wird er komfortabler, immer mehr zu einem akzeptablen Ersatz dafür, tatsächlich etwas mit seinem Leben anzufangen. Ich bringe nichts zum Ausdruck, indem ich hier sitze und mit Worten herumspiele, entdecke nur noch mehr Zweideutigkeiten, die es zu erkunden gilt, und weitere Zweideutigkeiten in den Zweideutigkeiten. Ich sitze bestimmt auf einer Erdnuss. Neulich begann Schaumgummi unten aus dem Sessel zu rieseln. Es gab ein paar lose Teile, die ich mit Stahldraht hochbinden und rundherum verzurren musste, um das Untergestell an seinen Platz zu zwingen. Auf diese Weise war es möglich, den Reißverschluss zu schließen, und so löste ich das Problem mit dem Schaumgummi. Damit beschäftige ich mich, ich löse kleine Probleme, während die großen nur noch größer werden.

Ich bin voller Lösungen, aber die Lösungen sind nicht so interessant wie das Problem, denn die Lösungen sind nicht *ich*, im Unterschied zum Problem.

Jetzt will ich nicht mehr mit Worten verführen, du kannst es wohl merken, nur weiterkommen, nur erwachsen werden, zum Teufel ... Aber ich verfange mich die ganze Zeit in allem möglichen Abfall; Disteln, Kakteen, Demütigungen, Sehnsüchten ... Der Trick ist, immer kürzere Absätze zu schreiben, so vermeide ich es, mich an Details aus der Vergangenheit aufzuhängen: deinem lyrischen Dialekt zum Beispiel, und der Musik in deiner hellen Stimme, wie ihr Klang einen Raum weich macht, wie deine Weiblichkeit gleichsam auf ihr dahinfließt---

Verdammt! ...

Ich möchte einfach von Stein zu Stein springen, ohne ins Wasser zu fallen.

Ich möchte---

Ich möchte nicht von Stein zu Stein springen, um auf diese Weise den starken Gefühlen zu entgehen, sondern gerade um mich ihnen nähern zu können, ohne in ihnen unterzugehen. Dann trete ich auf einen nassen Stein, okay. Der eine Fuß rutscht ein wenig weg und ich werde nass bis hinauf zum Knöchel. Ich spüre den eiskalten Fluss, spüre, dass die Haut sich sträubt (*dass man lebt!*) – aber ich falle nicht mit der Schnauze voraus hinein, ich fuchtle nicht herum, ich fange mich schnell und springe weiter.

N. wundert sich, wovon ich lebe, wo ich doch das Rhetorikstudium vor einigen Monaten aufgegeben und mir immer noch keinen Job gesucht habe. Ich sage, dass ich bis auf weiteres noch ein Studiendarlehen bekomme. »Aber ...« Sie versteht nicht. »Ist das nicht eine Schande?« Ein starkes Wort, *Schande* – aber sie ist trotz allem in Kolumbien geboren und aufgewachsen, und ich schließe daraus, dass sie dort sicher ein wenig andere Werte haben, konservativere. Ich lächle über ihre Ehrlichkeit, das ist mir tatsächlich wichtig. »Ja«, sage ich, »vielleicht ist es schändlich. Es ist nur so wichtig für mich, gerade jetzt schreiben zu können.« Sie hat die Sprache erst kürzlich gelernt und schließt aus meiner Reaktion, dass sie einen Fehler gemacht hat. Sie hat das norwegische Wort »skam« mit dem englischen »scam« verwechselt. »Ist das nicht Betrug?«, wollte sie fragen. Wir lachen über das Missverständnis. Aber es ist wahr, denke ich, trotz alledem: Ich bin ein beschämender und schändlicher Betrüger, ohne Job, ohne Geld, der nur auf seinem Hintern sitzt und denkt, empfindet, *schreibt*, auf Kosten des Staates – als ob der Ameisenhaufen Norwegen eine ausgewählte Ameise benötigte, die nur ihre eigenen Fühler putzt.

Ich will mich jetzt nicht mehr anstrengen oder versuchen, dich zu beeindrucken. Ich will nur, dass die Worte unter deine Haut kriechen, hinter die schöne Oberfläche – dort hinein, wo du hässlich bist wie alle anderen – und dass sie ihre Eier dort ablegen. Ich will versuchen, mich in diesem Brief so zu präsentieren, wie ich tatsächlich bin, mit unreinen Absichten und schlaffer Haut und 18 Kilo zu viel auf den Rippen. Jedes Mal, wenn ich am Spiegel vorbeigehe, hebe ich das T-Shirt an, um meinen Bauch zu studieren. Schlaff. Haarig. Je mehr ich abnehme, desto mehr hängt die gedehnte Haut über den Gürtel, wie ein verschwitzter Ballon, der ganz aufgeblasen wurde und aus dem man danach die Luft rausgelassen hat. Die Verzweiflung ist das Einzige, was jetzt noch übrig ist, und vielleicht ist etwas Schönes daran, etwas, das ein *neues* Begehren in dir wecken könnte. Denn man erschafft nichts Neues mit gesunder Vernunft, sondern man muss jeden einzelnen Tag auf Erden verzweifelt sein. Bedeutet Integrität nicht vielleicht, aufrecht eine ganze Menge dummer Sachen zu sagen und zu machen? Und ist Integrität nicht attraktiver als die erstickende Resignation und die gesunde Vernunft überall um uns herum?

Ich werde misstrauisch, wenn mein Herz schneller schlägt. Ich versuche, den Rhythmus zu deuten. Der Puls weiß etwas, das er mir nicht erzählt. A. sagt, dass ich Gefühle wie einen Fremdkörper behandle. Das mag sein, aber wie soll man sonst etwas über sie herausfinden? Ich bin es nicht gewohnt, auf die unmittelbaren Empfindungen in mir zu hören, die versuchen, mich in die eine oder andere Richtung zu ziehen, erst hierhin, dann dorthin. Ich bin schon immer am meisten mit *den Worten* vertraut gewesen – also mit der Fähigkeit, die man für gewöhnlich, und naiv, »die Vernunft« nennt, die aber meist nur eine Unterdrückung von Instinkt und von notwendigem Schmerz ist. – Es kommt vor, dass ich denke, ich sei zu praktisch veranlagt, um jemals Schmerzen zu haben, die sich echt anfühlen.

Übrigens: War es Erfahrung oder waren es Worte, die mich von der Macht der Worte überzeugten?

Es ist der Fluch der Zweifel, dass alles erst mit Worten vertäut werden muss, um wirklich zu sein, und die Worte sollten an andere Worte geknüpft werden, die ineinander aufgehen sollten, beinahe wie eine Rechenaufgabe, und erst, wenn man eine gute und zusammenhängende Beschreibung von den Dingen in der Welt hat, ist man bereit, in ihr zu handeln.

Präzision ist meine Pathologie. Ich bin ein Gefühlspedant.

Ich weiß genau, dass ich mich nicht auf diese aus der Traurigkeit geborenen Gedanken verlassen kann. Ich habe eine gewisse Distanz zu ihnen, eine Fähigkeit zur Ironie. Und das Schreiben, diese Kraftanstrengung, um die bitteren Gedanken aufs Papier zu bekommen, was ist sie, wenn nicht eine Bitte, dass alles von Anfang bis Ende ironisch werden soll? Das Erste, was man über die Sprache lernt, ist, dass man sie nicht ernst nehmen kann, deshalb sollte man so viel wie möglich über das Elend sprechen, damit es als Witz und Wortspiel entlarvt wird. Nur selten sollte man etwas über Glück und Lebensfreude sagen. Sollte das nicht vielleicht die Funktion von Literatur sein: den Schmerz nicht auszuschmücken, sondern ihn zu Tode zu schildern, um dann die Bitterkeit in den Blutkreislauf zurückzuführen, als verabreichte man sich eine Impfung mit Stoizismus?

Ein Buch ist der Versuch, ein besserer Mensch zu werden – oder es ist nichts.

Ich sehe mir eine Folge nach der anderen von Carl Sagans *Unser Kosmos* an, bis ich im Sessel einschlafe, auf dem ich mitten in der Nacht wieder aufwache. Das letzte Traumbild, an das ich mich erinnere, ist, dass ich über einem Paar nackter Schenkel schwebe. Sie erstrecken sich kilometerlang wie ein Tal auf einem fremden Planeten, und ich: ein Raumfahrer. Die Folgen sind von selbst weitergelaufen, während ich schlief, mit dem Laptop auf dem Schoß. Als ich aufwache, ist Carl wieder unten auf der Erde und redet über die Bibliothek von Alexandria. Ich weine fast, als er sagt, dass die Bibliothek eine Million Schriftrollen beinhaltete, als sie zerstört wurde. »It's gone«, sagt er, »utterly and forever.«

In den Dämmerträumen, bevor ich richtig einschlafe, fühlt es sich an, als würde ich in verlassenen Kulissen umhergehen, als hätte das Gehirn es noch nicht geschafft, sie zu füllen. Ich gehe allein durch einsame Filmsets, auf der Suche nach etwas Ungewissem, vielleicht nach etwas, von dem man richtig träumen kann; Menschen, Körper. Du erscheinst fast nie in meinen Träumen. Ich weiß nicht warum, aber so ist es. Letzte Nacht, als ich einschlief, erinnerte ich mich an etwas scheinbar Willkürliches aus diesem Winter: ein Kinderwagen, über und über beladen mit Schnee, und ein Säugling obendrauf, gut eingepackt. Das Kind wand sich und weinte in diese weiße Decke hinein und erinnerte am ehesten an eine riesige Raupe. Als ich an die Raupe dachte, fühlte es sich an wie Stunden – sicher dauerte es nur einige Minuten oder Sekunden.

Die mystische Allergie ist wieder aufgeflammt. Ich versuche Augentropfen, versuche Antihistaminika, staubsauge immer wieder, halte mich fern von Katzen und allen anderen Arten von Tieren, halte die Fenster tagelang, wochenlang geschlossen. Ich kratze mich fast blutig, jedenfalls riechen die Tränen, die aus meinen Augen sickern, nach Blut, nachdem ich ein wenig mit dem Finger hineingefahren bin und gekratzt habe. Ist es vielleicht *dein* Fehler, dass mir die Augen rinnen und der Hals brennt und ich alle zwei Minuten niese und ab und zu Nasenbluten habe? Und hast du nicht die Verantwortung, mich wieder gesund zu machen, wenn es die Einsamkeit ist, die das bewirkt?

Vielleicht hat es mit dem Schimmelpilz zu tun. Er wächst direkt hinter dem Kopfkissen. Ich atme ihn nachts ein. Ich schlucke Millionen von Sporen, während ich ganz unschuldig schnarche und merkwürdige Träume träume. Ich wasche den Pilz mit Chlor weg, wenn er entsteht, aber er kommt nur noch stärker zurück; er riecht frisch, wie Bäume, und genauso feucht. Ich bilde mir ein, er flüstert im Halbschlaf mit mir. Er kommuniziert mit etwas auf der Innenseite meines Körpers. Mit irgendetwas Verdorbenem hier im Zwerchfell. Eine blutbefleckte Berauschtheit. Es sind die Sporen, mit denen der Pilz spricht, die Sporen, die ich eingeatmet habe – ihre Kinder. Die Sporen haben in meinem Rückgrat Wurzeln geschlagen, sind weiter ins Hirn gewachsen und haben das Kommando übernommen, bringen mich dazu, dieselben Fehler immer und immer wieder zu begehen, wie eine von Parasiten infizierte Ameise.

Ich wartete vor dem Bad, während du dir nach der Party die Zähne geputzt hast. Als du rauskamst, fragte ich, ob du nicht mit ins Schlafzimmer kommen willst. »Ich glaube nicht, dass das so schlau wäre«, sagtest du. »Das hat nichts zu bedeuten«, sagte ich und legte eine Hand auf deinen Rücken. Du gingst voraus ins Zimmer, ohne noch etwas zu sagen. So lief es: Du schliefst fast augenblicklich in meinen Armen ein, lagst da und schmatztest, und ich blieb liegen und spürte auf meinem Gesicht deinen Weinatem gemischt mit Zahncreme, und ich spürte, wie der Penis meinen Puls gegen deinen Schenkel schlug. Schließlich schlief ich auch ein und wachte erst davon auf, dass du dabei warst, dich aus dem Bett zu schleichen. Du lächeltest mich im Licht der Türöffnung an, bevor du verschwandest.

Ein halbes Glas lauwarmes Wasser auf dem Tisch. Luftblasen auf der Oberfläche und ringsum. Unter dem Glas ein früherer Entwurf eines Manuskripts, vollgekritzelt mit Pfeilen und idiosynkratischen Abkürzungen. Merkzettel und Notizen auf einem Haufen. Das Einwickelpapier einer Schokolade mit 2,9 g Netto-Carbs. Zwei geöffnete Kuverts. Stromrechnung. Internetrechnung. Beide unbezahlt. Fünf kürzlich gelesene Bibliotheksbücher auf einem Stapel (müssen baldmöglichst zurückgegeben werden). Die Jalousien geschlossen. Die Leselampe gedimmt. Ruhe im Körper. Klebrige Finger. Der Hosenbund ein Stück die Schenkel hinuntergeschoben. Ein paar Taschentücher in die Boxershorts gestopft. Ein Foto von dir im Browser geöffnet. Ein Pornoclip pausiert im Fenster daneben. Du lächelst auf dem Bild und hältst ein großes Marzipanschwein in der Hand. Weihnachtsdekoration im Hintergrund. Fotograf: Dein Freund.

Hätte ich den Brief mit Würde schreiben sollen, die tiefsten Abgründe auslassen, in denen ich wie in einer kühlen hedonistischen Rechenaufgabe Liebeskummer gegen die Schuld abwog, die ich gefühlt hätte, wenn ich dich erwürgt hätte? Hätte ich so tun sollen, als gäbe es keine Gewalt in mir? Was ist mit den Fantasien, in denen ich dich nicht immer wie eine Disney-Prinzessin behandle, sollte ich die auch überspringen? Es macht mich verrückt, es mir vorzustellen. Die Zunge in deiner feuchten Spalte zum Beispiel und weit, weit hinauf in den Arsch. Vor dir wollte ich nie etwas mit irgendjemandes Arsch zu tun haben, jetzt will ich jeden Geschmack schmecken, jeden einzelnen Geruch riechen, ein brennender Schenkel gegen jede Wange, während ich dich trinke und mir ganz schwarz vor Augen wird von den Säften, während ich die Liebe vergesse, dich und mich vergesse, glücklich sterbe mit der Zunge in einer namenlosen Fotze. – Die Lust steigt zuerst hinauf in die Kehle, wie eine freundliche Art des Erstickens. Du streichst mir übers Haar. Du nimmst ein Haarbüschel und ziehst daran und verstärkst den Griff. Du drückst mein Gesicht in dich hinein. (– Mitten in einem sehnsüchtigen Augenblick, als ich von dir fantasiere, deinen Körper mit meinem ganzen Körper fühle: einsehen, mit einem Schaudern, dass ich allein da liege, dass das Ganze in meinem eigenen einsamen Schädel passiert.)

Ich kann die Einsamkeit genauso wenig berühren, wie ich die Menschen um mich herum berühren kann, ich kann nur auf dem Kalender sehen, dass noch mehr Zeit vergangen ist, ohne dass ich es geschafft hätte, etwas gegen das Problem zu tun. Alles fließt einfach, es ist niemand hier, um im Verhältnis zum Problem Grenzen zu setzen. Daher kann auch ich nichts deutlich Abgegrenztes bleiben. Ich bin ein Objekt ohne Subjekt, ich bin ein Subjekt ohne Objekt. Eine Art metaphysischer Schleim. Nur ich und der Sessel hier, und bald verschmelzen wir auch noch miteinander. (Warum führt Einsamkeit zu Selbstuntersuchung, wenn es doch der einzige Ausweg wäre, *die anderen* zu untersuchen? Ich bohre mich tiefer und tiefer in mich selbst hinein. In Ermangelung anderer Objekte werde ich zu meinem eigenen.)

Jeden Samstagmorgen mache ich Pfannkuchen zum Frühstück. Das ist, worauf ich mich die ganze Woche freuen kann, meine einzige vorhersagbare Befriedigung. Es sind keine speziellen Pfannkuchen. Ich benenne sie nicht irgendwie französisch und tue nichts Nahrhaftes oder Gesundes hinein. Ich nehme nur Eier, Mehl und Milch, rühre alles in einer Schüssel zusammen und backe dünne Pfannkuchen aus dem Teig. Ich lege sie nacheinander in eine feuerfeste Schüssel, solange ich am Arbeiten bin. Ich backe viele, ich staple sie hoch in der Schüssel auf, dann trage ich die Schüssel zeremoniell mit mir ins Zimmer, wo ich die Pfannkuchen mit Kristallzucker esse. Ich mag sie so einfach wie möglich und will nur, dass der Zucker zwischen meinen Zähnen knirscht. Nur das: Das Gefühl von Zucker, der zwischen den Zähnen knirscht. Ich weiß, diese *eine* Sache wird mich jedes Mal glücklich machen, jede Woche, jeden Samstagmorgen, ganz egal, was sonst noch im Leben passiert.

Es war Spätsommer oder Frühherbst und die Sonne schon weg, nicht mehr als ein Streifen Sonnenuntergang am Horizont. Nach dem Grillen lagen dort Müll und leere Bierdosen und Weinflaschen. Die anderen waren zum Haus hinaufgegangen, um weiterzutrinken oder zu schlafen. Nur du und ich saßen noch unten am Wasser. Es war still geworden zwischen uns, und allmählich auch in meinem Kopf, der Alkohol hatte den Gedankenstrom verstummen lassen, sodass es vor allem ein leichtes und blubberndes Gefühl auf der Innenseite gab, eine Art unangenehme Erwartung. Ich stand auf und ging zu dem Boot hinüber, das am Ufer lag. Ich rief nach dir. Du kamst zu mir herüber. Es war kalt. Ich kannte dich kaum. Ich begann, das Boot ins Wasser hinauszuschieben, und du halfst mir, aber es bewegte sich nicht. Ich setzte mich auf den Rand des Bootes und du sprangst auch dort hinauf. Das Gewicht ließ das Boot ganz leicht wippen und ich strauchelte. Ich hielt mich an deinem Arm fest und so fielst du mit mir ins Wasser. Du platschtest hinein und fuchteltest herum und kamst triefnass auf die Beine. Du schlugst mich erst hart auf die linke Wange, dann auf die rechte, dann noch einmal auf die linke, bevor du wegliefst und mich stehen ließest.

Die Gewissheit, dass ein Blutgefäß jederzeit platzen kann, dass das Blut jederzeit herausströmen und Klumpen um die fragilsten Strukturen im Gehirn herum bilden kann, sodass ich nicht mehr dieselbe Person wäre, die ich noch vor wenigen Sekunden war, ist für mich mehr als nur eine abstrakte Erkenntnis. Drei, vier Jahre bevor ich geboren wurde, als er ungefähr so alt war wie ich jetzt, vielleicht ein wenig jünger, hatte mein Vater genau so eine Blutung. Ich denke oft daran, dass ich jetzt bald an der Reihe bin. Er war in der Arbeit, als es passierte, und er hatte Kollegen um sich, die ihm halfen und ihn sofort ins Krankenhaus schaffen konnten. Ich sitze im Wesentlichen hier im Zimmer für mich allein.

Die Geräusche draußen vor dem Fenster sind beruhigend im Vergleich zum Lärm hier drinnen. Besonders nachts. Ein Auto nach dem anderen saust in großen Abständen vorbei, ab und zu höre ich ein paar leichte Schritte die Treppen hinaufgehen, ein betrunkenes Gespräch, das zu weit weg ist, als dass ich den Inhalt verstehen würde. Hier und da wird gesungen, und das ist sozusagen ganz in Ordnung. Gerade jetzt: Regen. Autoreifen auf Wasser. Ein Augenblick Gelassenheit. Es wird langsam spät. Zeit, sich bald hinzulegen. Liegen und lauschen. Zu schlafen versuchen. Es dringt ein Geräusch aus einem ganz anderen Teil des Gebäudes zu mir, es ist weit weg, vage – ich kann mich nicht entscheiden, ob es eine Frau ist, die leidenschaftlich liebt, oder ein kläffender Hund.

Dezember. Eiskalt. Du bliebst stehen und ich blieb stehen. Deine Jacke war immer noch offen. Unter der Jacke hattest du einen biederen Pullover mit Spitze an. Ich tastete mit den Fingern das Muster ab und sagte: »Tugendhaft.« Du machtest die Jacke zu. Ich ging langsam auf dich zu, du zogst dich zurück an die Wand, bis du mit dem Rücken ganz an ihr lehntest. »Ich habe Lust«, sagtest du, »aber es geht jetzt nicht.« »Du hast ganz recht«, sagte ich, hauptsächlich weil ich in Büchern gelesen hatte, dass es das ist, was man sagen soll, und das erkaufte mir einige Minuten, denn du warst überrascht, lächeltest und sagtest: »Habe ich das?« Du legtest die Hand auf meine Wange. »Es ist, als würdest du ganz in mich hineinsehen.« Als du das sagtest, floss eine Träne aus meinem Auge, die du umsichtig oder unbedacht wegwischtest, oder vielleicht ertrugst du es nur nicht, die Träne dort hängen oder vom Kinn baumeln zu sehen. Du schlugst vor, Schneeengel zu machen, und ich dachte: »Ist sie zurückgeblieben?« – Einige Tage später schriebst du mir: »Ich bin bestimmt nicht so tugendhaft, wie du glaubst«, doch ich glaubte nie, dass du besonders tugendhaft wärst.

Nichts ist nur eine Sache allein. Eine Einladung ist nicht nur eine Einladung. Eine Zurückweisung ist nicht nur eine Zurückweisung. Ein Nein ist nicht nur ein Nein (auch wenn man so tun muss, als ob). – Wenn man die Taten und Aussagen des anderen deutet, sollte man nicht nach der *Intention* suchen, sondern nach der *Sanktion*. Nicht: »Was will sie?«, sondern: »Wozu gibt sie mir hier die Erlaubnis?«

Laut einem Familiengerücht wurde mein Großvater mütterlicherseits als Säugling von seiner Mutter im Schnee ausgesetzt. Die Geschichte habe ich nicht von ihm, er starb einige Jahre vor meiner Geburt. Es ist, als könnte ein Teil von mir sich an den Schnee erinnern, als hätte ich ihn geerbt, auch wenn ich die Geschichte nur aus zweiter Hand von meiner Mutter gehört habe, die mich ja nie im Schnee ausgesetzt hätte. Wenn das stimmt, was ich kürzlich gelesen habe, dass Traumata vererbt werden können, dann ist es wohl nicht so seltsam, dass diese Erinnerung, die eigentlich gar keine Erinnerung ist, so stark in mir weiterlebt. Das Erste, was mein Großvater erlebte, war, zurückgewiesen zu werden, und die Zurückweisung setzte sich in den Zellen fest, sodass sie epigenetische Auswirkungen auf unzählige Generationen haben wird. In meinen Adern fließt frostgeschädigtes Blut.

Genau jetzt ist es still. Die stillen Augenblicke muss man voll und ganz ausnutzen ... Das war als Anfang eines dieser Stücke gedacht, aber weiter kam ich nicht. Stattdessen warf ich den Haufen Blätter in die Luft, sodass sie um mich herumflatterten. Ich will neu anfangen oder vielleicht etwas ganz anderes mit meinem Leben machen. Die Blätter liegen verstreut. Über das Bett. Über den Fußboden. Ich sammle die Blätter in einer Tasche und gehe mit der Tasche hinaus. Der Hinterhof ist eng und schattig, und es wird so einiges über Ratten erzählt. Ein offenes Fenster lässt Essensduft entweichen. Sonntagsessen. Kartoffeln mit brauner Sauce. Normalität.

Es gehört sich nicht für erwachsene Menschen, zu lesen oder mit Büchern zu tun zu haben, außer wenn man in irgendeiner Weise krank ist. Aber ist man nicht *immer* in irgendeiner Weise krank?

Eine Art Krebs bewegt sich in mir. Ich halte den Mund geschlossen, um ihn gefangen zu halten. Meist manifestiert er sich als ein gleichmäßiger, unangenehmer Druck gegen den Dickdarm, kann aber ohne Vorwarnung zu den Nieren und zur Bauchspeicheldrüse schlüpfen. Wie ein kleines Eichhörnchen klettert er in mir herum, wirft sich von Organ zu Organ, ist bald hier, bald dort, ohne zu begreifen, dass er langsam, aber sicher seinem eigenen Wirt das Leben nimmt. Am weitesten oben fühlt er sich an wie geschwollene Lymphknoten, aber er verbirgt sich auch ab und zu in den Hoden, besonders im rechten (er war bereits weg, als der Arzt sie betastete). Das ist ein fortschrittlicher Krebs, ein Krebs, der sich vom Körper losgerissen hat und zu einem autonomen Organismus geworden ist.

Ich wache davon auf, dass ich nicht atmen kann, ich stürze aus dem Bett, laufe ins Bad, spüre einen gewaltigen Druck im Brustkorb. Der Geschmack ist furchtbar, als wäre etwas Synthetisches auf der Zunge geschmolzen. Ich spucke und spucke ins Waschbecken aus, bis das weiße Porzellan beschmiert ist mit gelben Flecken. Bald kommt alles an den Tag, der seelenlose Körper, das Apfelgehäuse. Dann wird sich jemand um mich kümmern müssen. Ich werde nicht mehr in der Lage sein, so zu tun, als wäre alles okay.

Was, wenn Literatur zugleich Symptom und Medizin wäre? Was, wenn sie so unmerklich zwischen den beiden wechselt, dass man glaubt, sie sei das eine, wenn sie eigentlich das andere ist?

Vorsatz: Nur Literatur lesen, die das Bedürfnis nach Literatur heilt.

Eine fette, alte Fliege im Bad. Sie summt träge herum. Ich habe keine Fliegen mehr in der Wohnung gesehen, seit ich vom Land in die Stadt gezogen bin. Dort konnten dafür an der Decke Hunderte von ihnen sitzen, die man mit dem Staubsauger entfernen musste. Ich verstehe, wenn es tausend Fliegen sind, ich verstehe, wenn es keine gibt, aber eine einzige verstehe ich nicht. Die einzige, die den Winter überlebt hat, vielleicht, verborgen in einem Lüftungsrohr? Ich liege auf der Matratze, kann nicht schlafen. Ich atme tief ein und aus, versuche, die Gedanken an dich in Ruhe vorüberziehen zu lassen. Da ist ein Gedanke und da ist noch ein Gedanke und da ist ein dritter – *lass sie vorüberziehen*. Das hier ist ruhelos. Ich verrücke die Kissen. Ich verändere die Lage der Bettdecke. Wie lange habe ich so gelegen? – Erst eine halbe Stunde, dann eine Stunde, dann eineinhalb. Ich vermute, dass es 04:30 Uhr ist. Ich sehe auf die Uhr. 04:29:44. Die Minuten und Sekunden wühlen mich auf, während sie vorüberziehen, ich bringe es nicht fertig, sie zu übersehen ... Trotzdem entgleitet mir schließlich die Zählung; Muskeln werden schlapp, der Gedankenstrom wirr und bedeutungslos, ich fahre zusammen, weil ich mich nicht erinnern kann, was ich gerade gedacht habe. Das Dröhnen irgendeiner Maschine schläfert mich ein. Es ist so niederfrequent, dass ich mich frage, ob es vielleicht nur in meinem Kopf existiert.

... Dann, in der Dunkelheit (ich bin eingeschlafen, ich weiß, dass ich endlich eingeschlafen bin, weil ich gleichsam aus der Stille und Dunkelheit wieder herausgerissen werde): Stöhnen aus der Wohnung über mir. Ich kann tatsächlich bis hier herunter in meine Wohnung hören, wie sie in ihrer DNA herumplanschen und widerlichen Saft aus ihren Körpern pressen. Meine Matratze vibriert kaum merklich in ihrem Rhythmus. So geht es sieben, acht Minuten lang weiter, bevor es still wird. Ich muss von Neuem einschlafen. Die Gedanken an dich vorüberziehen lassen, die Decke umlegen und so weiter – aber: Sie fangen wieder an. Ich stecke mir Ohropax in die Ohren. Unangenehm, wie die Pfropfen dort drinnen wachsen, eine Art krabbelndes Gefühl, wie ein paar Insekten auf dem Weg hinunter in den Ohrschacht. Mit Ohropax kann ich immer noch denselben Lärm wie vorher hören, aber er klingt, als wäre er unter einem Kissen erstickt. Als ich wieder einschlafe, fühlt es sich an, als ob ich – oder das in mir, was sich »ich« nennt – mich an einem Ort außerhalb meiner Augen befände oder als hätte meine Seele sich in gewisser Weise auf halbem Weg aus dem Körper hinaus festgesetzt.

Ich verlasse den Sessel nicht. Ich lebe ein Leben in sicherem Abstand. Ich sitze da und sterbe hier drinnen, während ich Tiere auf einem Bildschirm sterben sehe. Die einzige Stimme im Raum ist (von morgens bis abends) die von David Attenborough, der über die vom Aussterben bedrohten Amurleoparden erzählt; der von dem Elefantenjungen erzählt, dem armen Elefantenjungen, das seine Herde verliert und der Fährte seiner Mutter in die falsche Richtung folgt, *direkt hinein in die Trockenheit, aus der es gerade gekommen ist!* ... Es ist befreiend, wie rücksichtslos und ungerecht die Natur ist, wie sicher sie sich ihrer Sache ist. Auch Gazellen werden sexuell zurückgewiesen, aber dann entgehen sie ganz plötzlich dem Schmerz, weil etwas anderes Nahrung braucht.

Ich strich dir mit dem Daumen über die Lippen und du öffnetest den Mund. Ich lehnte meinen Kopf gegen deinen und wir küssten uns. Die rechte Hand begann eine lange Reise kreuz und quer über deinen Körper und zum Schluss hinunter in den Slip, hinunter zu den kurzen Härchen, die ich kitzelte, bis du mich aufhieltst. »Das geht nicht«, sagtest du. Du standest auf, zupftest deine Kleidung zurecht. Ich legte meine Stirn an deinen Bauch. Du hieltst mich eine Weile so, bevor du den Griff lockertest. Du entschuldigtest dich: »Ich bin so schwierig«, sagtest du und lachtest über dich selbst und wusstest sicher, dass es für mich etwas anderes war als für dich, und wolltest es wiedergutmachen, aber dann war da nichts, was du hättest tun *können*, und ich begriff, und ich verneinte, dass du schwierig wärst, ich meinte das auch so in dem Augenblick – gleichzeitig wusste ich, dass ich, sobald du nicht mehr direkt vor mir stehen würdest, sobald ich nicht mehr deine Aufmerksamkeit hätte, genau dasselbe vor mich hin murmeln würde: *Du bist schwierig. Verdammt nochmal, du machst mich kaputt.* – Ich blieb den Rest der Nacht und den frühen Morgen auf dem Sofa liegen, sah die Sonne draußen vor dem Fenster die Berge hinunterkriechen, während ich an das dachte, was soeben passiert war, und an das, was hätte passieren sollen.

Schönheit macht mich wütend.

Schönheit ist bereits eine Zurückweisung.

Eine schöne Frau wird mich vielleicht nie glücklich machen, denn am allermeisten sehne ich mich danach, selbst schön zu sein.

Gerade hing ein Fleischstück an meiner Socke. Ich klaubte erst die eine Socke vom Boden auf, dann die andere, und von der zweiten Socke fiel ein kleiner, braunroter, fettiger Klumpen zwischen meine Füße. Aber ich weiß nicht, ob es Essen ist, oder etwas Entzündetes und Muttermalartiges, das in Ruhe an einer unzugänglichen Stelle dort unten hat wachsen dürfen. Ich untersuche beide Füße auf blutende Wunden oder Krater, finde aber nichts außer dem Gewohnten. Ich drücke auf das Stück und studiere es genau. Rieche daran. Schweinefleisch? Nein. Ich weiß nicht. Ich weiß nicht, woher es kommt oder woran es hing, bevor es an der Socke hängenblieb. Das kann etwas mit dem Krebs zu tun haben, denke ich, ganz aufrichtig, aber nur für einen kurzen Augenblick.

Wann immer eine der Oberflächen des Lebens überzeugend aussieht, dann ist mir danach, an ihr zu kratzen. Immer wieder zu kratzen, bis etwas anderes heraussickert. Zuerst habe ich mein Begehren in gewisse Formen gepresst: Sätze, Typografie. Alles zusammen apollinisch und kontrolliert. Jetzt liegt das Begehren so schön auf dem Papier. Jetzt liegt das Begehren so dort, dass es beinahe einladend ist. Jetzt fühle ich den Drang, daran zu kratzen. Bis Blut heraussickert. Bis gelbes Fett und infizierter, stinkender Ausfluss auf deine Hand hinabtropfen, ja, deine Finger entlanglaufen. Nichts darf so schön sein. Nichts darf statisch sein. Es ist bestimmt eine Krankheit, die ich habe, ein Zwang in mir. Ich schreibe, wie gesagt, nicht, um den Schrott zu kultivieren. Ich kämpfe die ganze Zeit gegen die Versuchung an. Eine Versuchung, die sich auch im Alltagsleben meldet: Ich pule an der Tapete und an schuppiger Farbe, verstrubble das Haar, wenn es zu gerade liegt, kaue auf den eigenen Lippen, bis sie ganz blutig sind, und zerdenke jede Spur von Großmut, von der ich Anzeichen bei mir selbst und anderen entdecke. Ich werde so rastlos in diesem Zimmer. Alles steht still, und ich will, dass es fließt.

Am 4. Mai 2005 verlor ich, einem alten Notizbuch zufolge, das ich neulich durchblätterte, meine Jungfräulichkeit an Kari. Das Datum ist von Hand geschrieben, und alles, was da steht, ist: »04.05.05. Sex.« ... Es liegt auch ein Brief von Kari im Notizbuch, vierfach gefaltet. Sie hat das Blatt rundherum mit Blumen verziert. Sie schreibt, dass sie an uns glaubt. Ich vermute, dass ich ihr über die Haare strich, über die Augenbrauen, ihr tief in die großen, blauen Augen sah – da war es fast so, als wüsste ich, was ich tue.

Als Kind hatte ich die merkwürdigsten Eingebungen und platzte mit ihnen dauernd heraus. Meine Mutter bekam das Innerste und Allerfinsterste zu hören und war immer wieder gezwungen, mir zu versichern, dass es in Ordnung war, dass keine Gedanken verboten sein konnten, aber es half nicht. Vor sich hin zu plappern, selbst wenn keiner zuhört, das ist die einzige Form von Nähe, die ich verstehe ...

Ich wachte vor einigen Wochen völlig blind auf dem einen Auge auf, das sollte ich vielleicht erwähnen, um mein Krankheitsbild so vollständig wie möglich wiederzugeben. Mit dem linken sah ich auf der Wand deutlich alles Licht von den Lampen draußen, aber mit dem rechten war alles ganz dunkel. Es dauerte zehn, vielleicht fünfzehn Sekunden, bevor das Sehvermögen zurückkam – ich blinzelte und blinzelte, bis ich wieder so sehen konnte wie vorher.

Jedes Mal, wenn ich allein in der Wohnung bin und der Schlüssel ins Schloss gesteckt wird, ist es, als würde man in meine Gedanken eindringen. Die Gedanken waren noch vor einer Sekunde genau dort, wo sie sein sollten, ich hatte sie nach ihrem Rang geordnet und in Reihen aufgestellt, aber jetzt ... Irgendwer steckt den Schlüssel ins Schloss und betritt die Wohnung, wirft die Jacke von sich, die Schuhe? Schlurft weiter, zum Beispiel in die Küche? Legt Einkäufe auf die Arbeitsplatte? Ich stehe aus dem Sessel auf und gehe zur Wohnungstür, lege das Ohr daran, versuche zu hören, was dort draußen geschieht. Sie spricht leise für sich selbst oder am Telefon. Ich höre keine einzelnen Wörter, nur den Tonfall. Sie hustet, schnieft, murmelt weiter.

Raus. Ich muss raus. – Als ich die Treppe hinuntergehe, sehe ich eine offene Tür, die in eine der Wohnungen führt. Ich fummle mit den Haustürschlüsseln herum, während ich die offene Wohnungstür anstarre. Ein Typ kommt auf Krücken humpelnd aus dem Wohnzimmer. »Hallo«, sagt er. »Hallo«, sage ich. Warum erzähle ich davon? Auf dem Weg hinunter zur U-Bahn, wo es immer nach Urin riecht, rutsche ich auf einigen feuchten Blutspritzern aus. Eine Frau sitzt da und verputzt einen Pfirsich nach dem anderen aus einer Tüte, bis die Tüte leer ist. Ich bemerke, dass ich verschiedene Schuhe anhabe, jeweils einen von jedem meiner beiden Paare. Der eine Schuh ist ein wenig zu eng und die Zehen drücken gegen die Kappe. Ein süßes rothaariges Mädchen auf den digitalen Werbetafeln. Ein Kind fällt der Länge nach hin und beginnt, lauthals zu weinen. Ich spüre es im Körper, sowohl den Sturz wie auch die Erwartung, aufgehoben zu werden, spüre, wie das Kind einfach hilflos daliegt. Ich bin heute auf den Schmerz anderer feingetunt. Es gibt nichts, was ich nicht fühle. Weil ich an nichts glaube, klammere ich mich an alles, was bei mir den kleinsten Eindruck hinterlässt. Ich spüre, dass der intellektuelle Stillstand bereits begonnen hat.

Die Sonne ist hinter den Wolken verschwunden, lange bevor ich das Wasser erreiche, wo sich graue, scharfe Wellen den Strand hinauffressen. Ich setze mich auf die einzige Bank, so weit weg wie möglich von dem Mann, der bereits dort sitzt. Ein anderer Mann im Stickpullover fotografiert das Meer aus verschiedenen Perspektiven von der Anlegestelle aus. Im Augenwinkel nehme ich wahr, dass er im Begriff ist, in meine Richtung zu fotografieren, und ich posiere sofort auf eine »gefühlvolle« Art und Weise. Aus irgendeinem Grund denke ich, dass er wie ich ist. Es ist deutlich, dass der Mann neben mir auf der Bank den Hals reckt, um einen flüchtigen Blick in mein Notizbuch zu werfen, das offen auf meinem Schoß liegt. Er lehnt sich zu mir herüber und fragt:

»Bist du Dichter?«

»Nicht so ganz«, sage ich.

Der Mann bleibt noch ein oder zwei Minuten sitzen. Schließlich geht er. Ich schaue selbst hinunter ins Notizbuch, das auf einer Seite geöffnet ist, wo ich, in Großbuchstaben, als Titel ganz oben auf das Blatt geschrieben habe: »EINSAMKEIT« ...

Ich gebe allem möglichen anderen die Schuld an meiner Einsamkeit, allem, was ich nicht herzeigen will, aber es ist ja gerade die Einsamkeit, die ich nicht zeigen will! (Diese leeren Wände.)

Die Logik der Einsamkeit: *Ich bin einsam, deshalb verdiene ich nichts anderes, als einsam zu sein.*

Ich bin einsam. – Was bedeutet dieser Gedanke eigentlich? Was bringt er mit sich? Es ist, als wäre er zu einer Haltung geworden, zu etwas, worauf ich bestehe, wie auf einer Art Fixpunkt im Leben, im Gegensatz zu allem anderen, das nur über mich hinwegfließt, gleich einer dicken, zähen Masse, die mir irgendwann bis zur Nase hinauf stehen wird, sodass ich nicht atmen kann. Ich bestehe darauf: *Ich bin einsam.* Nur das. Alles Besondere und Chaotische in meinem Leben ist zu dieser Abstraktion erstarrt.

Ein Säufer kommt heute im Park zu mir herüber und fragt, ob ich Feuer hätte. »Tut mir leid«, sage ich, und er geht weiter. – Ich frage mich, ob die, die jeden Tag im Park zusammensitzen und trinken, einander schon vorher kennen oder ob die Gruppierungen organisch im Laufe des Nachmittags entstehen. Könnte jeder beliebige anständige Mann oder jede Frau, des Gewohnten überdrüssig, sich einfach zwischen ihnen niederlassen, bei ein paar Bier über das Leben flunkern und zu der Clique gehören? – Ein betrunkener Mann mit Pferdeschwanz und einem Hawaii-Hemd, das einen jeden Augenblick anzuspringen drohte, sagte neulich: »Du hättest dich gut gemacht als guter Mensch.« Und was soll das jetzt bedeuten?

All diese Bilder, Worte … Aber glauben wir nicht letztendlich an sie, die Bilder und Worte? Wir glauben an sie, sonst hätten wir sie längst aufgegeben. Egal wie mutlos ich mich gestern fühlte, egal wie viel Bitterkeit ich herunterleierte … Dass ich heute wieder hier sitze, mit dem Laptop auf dem Schoß, bedeutet, dass ich glaube. *Schreiben* ist glauben, *lieben* ist glauben – *die kompromisslose Epistemologie der Obsessionen.* Und an einem Ort tief in mir drin gibt es ein Bild von uns, eine undeutliche Vision, eine Zukunft, die ich aus dem Steinblock in meinem Herzen haue. Es gibt keine fertige Wahrheit dort drinnen, zu der ich mich vortasten oder die ich auf derselben digitalen Badezimmerwaage wiegen kann, auf der ich meinen eigenen Körper einmal die Woche wiege. Es gibt keine ISO-Norm. Die Nutzwerte von Literatur und Liebe kann man nicht quantifizieren oder beweisen, sie bilden immer schon die unumstößliche Prämisse für alles andere. Und der Zweifel? Die finsteren Nächte der Seele allein im Bett? Es ist nur die *Gewohnheit,* die mich in Versuchung führt: »Gib auf«, sagt sie. »Halt still.«

»Warum siehst du mich so an?« Du spieltest mit einem leeren Glas. Du lachtest. Ich lachte. Wir lachten die ganze Zeit zusammen. Wir lachten über uns selbst. Dein Lachen machte Dinge mit mir, von denen du nichts ahnst. Dein Haar fiel auf deine Schultern. Der Nacken kam zum Vorschein. »Weil ...« Ich fand nicht die richtigen Worte. Ich lachte. Du lachtest. Am Ende des Abends sagtest du *Gute Nacht* und *Tschüss*, bevor du mich auf den Mund küsstest. Alles ging so schnell. Die Lippen dort und dann nicht. Ich erwiderte den Kuss und versuchte, dich zurückzuküssen, und du senktest den Kopf.

»Du kannst das nicht einfach machen«, sagte ich.

»Entschuldige«, sagtest du.

Ich bohrte meine Nase und die Lippen in dein Haar.

»Entschuldigung!«, wiederholtest du, aber ich glaubte nichts davon. Deine Augen sahen ganz glänzend und feucht aus, aber das müssen die Straßenlaternen gewesen sein, ich glaubte nichts davon.

»Was soll ich jetzt tun?«, fragte ich.

Beinahe eine erotische Fantasie: Dass ich dies alles nicht schreibe, sondern dir ins Ohr flüstere.

Es fühlt sich gut an, eine Frau die ganze Nacht lang wachzuhalten, selbst wenn es nur mit Worten ist!

Immer wieder lasse ich die Sprache die Gedanken überwältigen, das Glück, dich und mich, und das Resultat ist, dass es auf diesen Seiten mit mir durchgeht, all die Leidenschaft und der andere Unsinn, wenn doch Nüchternheit das ist, was ich eigentlich brauche; dann redigiere ich wie ein Verrückter, zensuriere mich selbst, genau so wie ich mir geschworen habe, es nicht zu tun, denn am liebsten würde ich präzise schreiben, klassisch, kühl; am liebsten würde ich etwas schreiben, das uns beide bestärkt; am liebsten will ich frei von Gedanke zu Gedanke springen, von Eindruck zu Eindruck, ja, wie gesagt, von Stein zu Stein, ganz leichtfüßig; aber der Impuls in mir, mich auf das Schlimmste zu fixieren, mich wie ein Schwein im tiefsten Expressionismus zu wälzen, schleicht sich die ganze Zeit in den Vordergrund – als würde es etwas bringen, *sich auszudrücken*, als wäre mein Inneres so zerbrechlich und wunderschön und atemberaubend, dass ich mich nicht zurückhalten kann, es herzuzeigen ...

Ich sehe eine uralte Dame im Park, das ist wohl ihr letzter Sommer, aber es kümmert sie überhaupt nicht, sie guckt sich nur einen Vogel an und ahmt ihn nach: *Ta-tii-ta-tii* ... Ich sehe Kinder, die herumlaufen, eine Gruppe geistig Behinderter mit geduldigen Betreuern, Hunde an schlaffen Leinen, mehrere Vögel, die ihr Gefieder im Blumenbeet reinigen. Wir alle sind an den Wurzeln miteinander verbunden, denke ich, weit unter dem Erdboden, wie die Bäume. Selbst der Vogel, der im Baum pfeift, ist mit der Dame verbunden, die ihn nachahmt, und sowohl der Vogel als auch die Dame sind mit mir verbunden, der sie beide beobachtet. Die Welt scheint jedenfalls so zu funktionieren, wenn man in der richtigen Stimmung ist. Aber nur sehr selten kann man die Verbindung tatsächlich *fühlen*. Am ehesten an einem späten Frühlingstag im Park. So ist es vielleicht am besten. Dass man die Verbindung nicht die ganze Zeit fühlt, meine ich. Ich weiß nicht. Es ist in jedem Fall ein Gedanke, der sich denken lässt, dass es so am besten ist.

Aus dem Nachbarzimmer dringt manisches Lachen. Ich bin gewiss auf alle anderen Arten allein als auf die, die ich gerne hätte. Vielleicht ist es möglich, die Situation auf eine andere Art und Weise zu sehen? Aus einem neuen Blickwinkel? Sie neu zu denken, neu zu deuten? ... Na klar! Na klar kann man sie auf eine andere Art und Weise sehen! Auf hundert Arten! Auf tausend! Genau deshalb komme ich nicht weiter! Ich bin stundenlang bewegungslos in dämmrigen Zimmern gelegen. Ich bin im Bett gelegen und habe Schatten von Bäumen die Wände hinaufkriechen gesehen, wie die spitzen Zweige und Blätter im Wind an zu Tode erschrockene, hungrige Raben erinnern, die zum Himmel hinaufkrächzen. Und ich habe nachgedacht und nachgedacht. Bin immer wieder zu derselben Schlussfolgerung gekommen, auf zahllosen Umwegen: *Ich wünsche mir nicht das, was für mich gut ist, sondern das, was ich mir wünsche!* ... Das Lachen nimmt zu, und ich bleibe liegen.

Es gibt nicht einmal irgendein Muster an der Zimmerdecke, das ich studieren oder in das ich mich selbst projizieren könnte. Nur Weiß. Nur Leisten, dort, wo Decke auf Wand trifft, und eine Leitung entlang der Leisten. Spinnweben in einer der Ecken. Wenn der Herzrhythmus steigt, wenn ich die Kontrolle über den Atem verliere und der Atem Wirbelwinde bildet und die Winde meine Gedanken einfangen und sie aus mir hinausschleudern, hierhin und dorthin ins Zimmer, und ich nicht mehr unterscheiden kann, was oben und unten ist oder links und rechts oder gut und böse oder gut und schlecht oder Liebe und Hass oder Angst und Begehren, dann sieht die Decke auf mich herab, gleichgültig, und erduldet das alles mit niederschmetternder Ruhe. Ich versuche, dem Atem zu folgen, nicht dagegen anzukämpfen, sondern mich von ihm überspülen zu lassen, so wie ich in Büchern gelesen habe, dass man es tun soll. Es scheint zu wirken. Es ist dabei zu wirken. Es hat zu wirken.

Die eigenen Gedanken werden erst dann klar, wenn man genau die Metapher findet, die mit minimaler Mehrdeutigkeit das umschließt, was man begehrt: ein Diamant von einer Formulierung, eine zuverlässige Brücke von Impuls zu Handlung. Das, was man »Literatur« nennt, ist nur ein *Abfallprodukt dieses Prozesses.* Ich habe geschrieben und geschrieben und bin dem nicht nähergekommen. Aber *Literatur* habe ich schon produziert: ein gleichsam kluger Satz hier, ein dummer dort, ein paar witzige, eine ganze Menge Murren und Jammern von Anfang bis Ende. Es triefen und brodeln die Körperflüssigkeiten, Rotz und Blut, und, was noch schlimmer ist, diese Dinge, die zwischen Menschen fließen. Das Buch ist wie ein Topf geworden, der voll von ihnen ist, und zusätzlich habe ich dich (eine Unschuldige) in die Suppe gestoßen. All das nur, um etwas zu finden, was ich streng genommen nicht gefunden habe! Trotzdem bin ich guten Mutes, denn einen Sinn des Lebens erschafft man zwar nicht im Handumdrehen, und die Liebe ist nicht allen vergönnt, aber *etwas* ist mir gelungen: etwas, das man drucken und binden, auf Paletten stapeln, in Folie einschweißen, an Geschäfte und Bibliotheken schicken, kaufen oder ausleihen, verschenken, in Taschen und Rucksäcken herumtragen, im Bus genießen, im Bett genießen, auf dem Klo genießen (am ehesten dort) kann und so weiter.

Ich habe weder die Festigkeit der Klippe noch die Ausdauer des Wassers, sondern ich ähnle dem Eis, wenn es im Spätwinter schmilzt und wieder zufriert, schmilzt und wieder zufriert. Auf Prinzipien habe ich mich nie verstanden oder auf Leute, die es schaffen, jeden Tag um dieselbe Zeit ins Bett zu gehen und aufzustehen. Gute Angewohnheiten sind mir zeitweise passiert und haben mich wieder verlassen, nie habe ich für eine von ihnen die Lorbeeren eingeheimst. Gott weiß, ich habe es versucht. Gott weiß, ich habe Schlachtpläne gemacht, Strategien ausgearbeitet und geglaubt, ich hätte die Kontrolle. Gott weiß, ich habe geschworen, nie mehr mit dir zu sprechen. Ich schmelze und friere wieder zu, schmelze und friere wieder zu. Nenn es Pessimismus, wenn du willst, oder Fatalismus. Die Wahrheit ist ja, dass ich an das Gute glaube. Ich glaube an Verbesserung und Fortschritt. Ich glaube an den Menschen. Ich glaube an das Eis, das schmilzt, und das Wasser, das verdampft, und dass alles geschieht, was geschehen soll, und dass wir eines Tages zurückblicken werden auf all das und ... na ja, nicht darüber lachen, nicht gerade *das*, aber in jedem Fall erschöpft seufzen, den Kopf schütteln und einander einen trockenen, altmodischen Kuss auf die Wange drücken und zum genau richtigen Zeitpunkt sterben werden, alles einsehen, und dass unsere Überreste schließlich in immer neue Formen übergehen, die uns glücklicherweise nichts mehr angehen werden.

Ein neuer, fremdartiger Geruch hat sich im Zimmer ausgebreitet – oder vielleicht habe ich ihn erst jetzt bemerkt? Es ist der Geruch meiner über mehrere Monate akkumulierten Depression. Nicht nur Sperma und Schweiß wie früher, nicht nur nasse Handtücher, nicht nur Pfannkuchen, sondern all das und mehr, in einer ganz neuen Mischung. Der Dunst scheint sich auch einige der Eigenschaften meiner Gedanken einverleibt zu haben: Er kommt und drängt sich auf, besteht auf seiner eigenen Wichtigkeit, dann verschwindet er genauso schnell wieder, als wäre er im Prinzip nie da gewesen. Ich spüre ihn am meisten, wenn ich eine Weile weggewesen bin und zurückkomme. Dann gewöhne ich mich sofort an ihn. Er gibt sich zu sporadischen (jedenfalls bin ich nicht in der Lage gewesen, ein Muster zu identifizieren) Zeitpunkten im Laufe des Abends plötzlich zu erkennen. Wenn ich dann aufmerksam genug bin, öffne ich das Fenster, aber meist wabert er nur wie Nebel um mich herum, ohne dass es mir gelingt, wirklich festzumachen, was hier falschläuft.

Ich befürchte, dass etwas Essentielles mit mir nicht stimmt, etwas Tiefgreifendes und Unveränderliches, das eines Tages an die Oberfläche kommen und alles kaputtmachen wird. Jeden Augenblick laufe ich Gefahr, etwas ganz Entsetzliches zu tun, etwas, das mich für immer aus der Menschheit ausschließen wird ... und was soll ich dann tun? ... was soll ich tun? Wenn ich eines Tages Taten begehe aus lauter Verachtung? Was dann? Wenn ich die Hemmungen verliere? Was dann? Vielleicht habe ich über alldem den Verstand verloren. Vielleicht schreibe ich das nicht, sondern stehe mitten im Park und brülle es heraus.

Als ich zehn, elf Jahre alt war, schlug ich ein Mädchen aus der Klasse, praktisch grundlos. Wie es genau ablief, daran erinnere ich mich nicht, aber ich war im Begriff, ihr etwas zu erzählen, und sie wandte sich ab. Nicht, um frech zu sein, glaube ich, sie konnte mich einfach nicht hören – doch es fühlte sich an wie eine Zurückweisung. Ehe ich mich's versah, sauste meine Hand auf ihren Kopf zu und traf ihre Schläfe mit einem dumpfen Klatsch. Ich verließ augenblicklich den Tatort und bekam ihre unmittelbare Reaktion nicht mit, aber ich kann mich gut an ihr Gesicht erinnern, wie es sonst immer ausgesehen hatte: ihr freundliches Lächeln, mit den großen, dummen Wangen. Wir waren ein Paar gewesen, soweit man in der Grundschule von Paar reden kann. Ich hatte mit ihr Schluss gemacht. Da hatte sie geweint, und jetzt hatte ich sie wohl wieder zum Weinen gebracht.

Die Jalousien sind kaputtgegangen. Der Draht hat sich ganz oben im Mechanismus aufgewickelt, sodass man zerren und ziehen muss, um ihn zu lösen. Die Lamellen sind zusätzlich auf einer Seite umgeknickt, sodass man sie nie ganz schließen kann, es bleiben immer kleine Öffnungen. Es reicht nicht aus, damit man zu mir hineinsehen kann, aber sie sind groß genug, damit ich hinausschauen kann, und das ist an manchen Tagen schlimm genug. Der Sommer rückt näher, die Bäume sind ganz grün geworden. Es gibt jetzt kein Glück im Park, die Vögel weinen, anstatt zu singen, ihnen geht es zurzeit auch nicht so gut, auch sie sind geil und wollen mehr. Scharen von durchtrainierten Männern haben angefangen, die Umgebung in Beschlag zu nehmen. Sie werfen einander einen Football zu und reden sehr laut. Ich sehe überall nackte Frauenrücken. Helle und dunkle. Schenkel. Waden. Gras zwischen Zehen. Eine streicht sich das Haar aus dem Nacken und schmiert ihn mit Sonnencreme ein. Alles schreit nach Sex, und es ist nicht die Moral, die mich daran hindert, mich ihnen anzuschließen. Ich sehe nur Leere in diesen Fremden. Ich betrachte sie als Luftspiegelungen oder fortschrittliche Münzautomaten oder Aasfresser, die bewusstlos im Park herumschnüffeln auf der Jagd nach etwas, das sie sättigen könnte. Es sind nur Hologramme, Emanationen eines unbekannten Willens. Niemand will mir etwas Gutes.

Kari bekam im Sommer einen süßlichen Geruch, an warmen Tagen, wenn sie schwitzte. Er war nicht ganz ohne Schärfe, aber es war eine angenehme Schärfe, die mich mehr anmachte als irgendein anderes Detail an ihr. Es ist vor allem dieser Geruch, der mich erfüllt, jedes Mal, wenn ich zurückdenke. Ich verbinde ihn mit Zweifel und Begehren. Mit dem Begehren, das sie in mir weckte, und mit dem Zweifel, der meinem eigenen Begehren immer gefolgt ist. Ich verbinde ihn mit dem Widerstand, dem Ekel davor, aus mir selbst heraus- und zu etwas anderem, Fremden, hingezogen zu werden.

Ich stand an diesem Morgen im Bad, wusch mir die Hände und betrachtete mich im Spiegel. Allmählich, während ich so starrte, veränderte sich meine Augenpartie. Ich sah plötzlich einen Schimmer von meinem Bruder in meinen Gesichtszügen – er, von dem alle sagen, ich sähe ihm ähnlich, etwas, das ich für gewöhnlich nicht sehe – und ich sah meinen Vater und meine Mutter, meine Cousins, Cousinen, Großeltern. Ohne meinen Gesichtsausdruck zu verändern, glitten meine Züge von harten zu weichen und zurück, sie waren abstoßend, attraktiv, merkwürdig. Ich rang mir ein Lächeln ab und einige Grimassen, um es dazu zu bringen, aufzuhören. Ich trocknete mir die Hände und ging zurück in mein Zimmer.

Eine neue Frau liegt nackt in meinem Bett. Sie hat braune Augen, im Gegensatz zu manch anderen, und die rötesten Lippen, die ich je gesehen habe. Sie sieht mir mit zusammengekniffenen Augen ins Gesicht, um zu schauen, ob etwas von der Farbe auf mich abgefärbt hat. Ich will, dass sie abgefärbt hat. Ich lasse sie die Farbe nicht wegrubbeln. Ich lächle. »Bist du ein fröhlicher Mensch?«, fragt sie. Ich antworte, dass ich viele Freuden habe.

In letzter Zeit habe ich mit einer Idee gespielt, einem *Was wäre wenn*, einem Entwurf zu einer Moral, denn ich traf dich eines Tages auf der Straße und fühlte nichts. Draußen war es wieder kalt geworden, du hattest einen roten Mantel an, und deine Wangen waren beinahe genauso rot, und du lächeltest, als du mich sahst, bliebst stehen, und ich fühlte gar nichts, und da begriff ich, dass das Einzige, dessen ich mir inmitten all dieser Dinge sicher sein kann, ist, dass jedes Gefühl morgen sowieso ein ganz anderes sein wird; dass Gleichgültigkeit zu Liebe wird, dass Liebe zu Zweifel wird, dass Zweifel zu absoluter Sicherheit wird, dass absolute Sicherheit zu wortloser Angst wird und so weiter, und dass das völlig in Ordnung ist! Ich muss mich freilich zu diesem Vorläufigen verpflichten, zur *Vorläufigkeit*. Denn manchmal scheint es, als wäre es der Sinn des Lebens, übereilte Schlüsse zu ziehen. Weltanschauungen mit Superkleber zusammenzufügen. *Ich liebe dich* zu sagen, ganz ohne Deckung in der Gedankenwelt.

Ich begriff das, und dann vergaß ich es sofort wieder.

Dank

Mein besonderer Dank geht an Skjlag Wie Skare, Ylva Wærenskjold, Atle Håland und »M-« (die so viel mehr ist, als sich hier unterbringen ließ). Ich habe auch gute Rückmeldungen, Aufmunterung und konstruktive Kritik von Joanna Rzadkowska, Marius Emanuelsen, Geir Angell Øygarden, Aina Aasland, Tarald Wassvik, Sunniva Relling Berg, Helena Fagertun, Ida Jackson, Andreas Opstad Larsen und Mariann Aaland erhalten.

Kenneth Moe

Ida Hegazi Høyer

Trost

Aus dem Norwegischen übersetzt von Alexander Sitzmann

Roman, 208 Seiten

ISBN 978-3-7017-1707-1

Alle Geschichten in »Trost« erzählen von der Utopie des Begehrens. Die klarsichtige Autorin blendet dabei nicht die Gewaltverhältnisse aus, die unsere Gegenwart grundieren: die zwischen den Kulturen, Ethnien und Geschlechtern.

Carsten Hueck, Deutschlandfunk Kultur

In einer präzisen Sprache untersucht Ida Hegazi Høyer die Liebe in den Zeiten des Wunsches nach Ungebundenheit.

Knut Cordsen, BAYRISCHER RUNDFUNK

Ida Hegazi Høyer erzählt von einer süßen Trostlosigkeit so wie von einem süßen Überdruss an der Schwelle zu einer neuen Phase.

Jamal Tuschick, TEXTLAND

It is basically lots of sex from the first to the last page but boy, what honest and authentic descriptions with a distinctive female perspective. Ida Hegazi Høyer definitely has a talent for writing sex scenes that just few authors have. Now you would of course ask, what is so special about 200 pages of sex, right? Good question! The thing is, it is not really about the sex but about everything it stands for and everything that is left out.

Jenny, KLAPPENTEXT